Pensée assise

Ce livre est dédié au personnel
du service Widal Rééducation
de l'hôpital Raymond-Poincaré à Garches.

Ce livre est édité avec le soutien de

CNC

SACD
Société des auteurs et compositeurs dramatiques
PARIS/BRUXELLES/MONTRÉAL

ISBN 978-2-7427-5334-5

Loi 49-956 du 16 juillet 1949
sur les publications destinées à la jeunesse

cliné-roman

Pensée assise

MATHIEU ROBIN

ACTES SUD JUNIOR

Il est des rencontres inattendues. Celle avec Mathieu Robin fait partie de ces souvenirs inoubliables. Cannes, une soirée paillettes, le champagne qui coule à flots, Sean Penn, Robin Wright… et Mathieu Robin !

Mathieu me raconte son projet de court métrage : l'histoire d'un jeune handicapé obstiné par l'idée d'embrasser son amie debout, comme tout le monde. L'idée m'a emballé tout de suite et bientôt, de ce scénario drôle et touchant, est né un film : Pensée assise.

Aujourd'hui, ce film court est devenu, sous la plume de son réalisateur, un roman. Et quelle joie de voir la littérature s'inspirer du cinéma ! J'ai pris beaucoup de plaisir à (re)découvrir ces personnages que j'avais tant aimés, avec une autre épaisseur, parfois plus de gravité. Et de nouvelles images me sont apparues…

Si le handicap n'est pas le sujet de Pensée assise, *s'il est seulement un prétexte à raconter l'histoire – née sous le signe des contraires – de Sofia et Théo, c'est pour mieux nous interroger sur la place de la différence dans le rapport amoureux. Quand Mathieu parle du sentiment amoureux et de la complexité des relations humaines, j'ai l'impression qu'il puise son inspiration dans sa propre expérience. Quand il évoque la relation au handicap, il cherche, rencontre et découvre cet univers, pour mieux s'en échapper.*

Ce que film et roman développent avec à la fois légèreté et une grande maîtrise, c'est aussi la difficile acceptation de soi.

Rien n'est simple et c'est tant mieux. Bonne lecture !

Alexandre Charlet
Producteur

J'ai lu récemment un sondage : soixante-dix pour cent des hommes affirment qu'ils n'auraient aucun complexe à vivre avec une femme plus grande qu'eux...

1

Quand nous étions petits mes deux frères et moi, nous attendions toujours le mardi soir avec impatience. D'abord, parce que le lendemain on n'avait pas classe, et ensuite parce que papa allait à l'aïkido et maman à ses cours de danse ; c'était donc notre grand-mère qui venait nous garder. Mémé Marcelle avait un véritable don pour raconter les histoires. Chaque semaine, elle nous apportait des pains au chocolat et des croissants. Pendant qu'on les engloutissait, elle inventait une nouvelle histoire d'ogres, de princesses et de petits lutins.

Mémé comblait nos deux plus grands plaisirs : les sucreries et l'imaginaire.

Tout était simple. Mes seules inquiétudes se résumaient à deux questions existentielles : Comment la souris Mickey pouvait-elle être quasiment aussi grosse que Pluto le chien ? Pourquoi, pendant les films, les héros n'allaient-ils jamais aux toilettes ?

À l'adolescence, les viennoiseries et les histoires de ma grand-mère n'eurent plus d'effet sur moi. Mes cassettes de dessins animés étaient désormais rangées derrière celles des films de Jackie Chan. Gamin, j'avais imaginé ma vie d'adulte comme un paradis de permissions : je regarderais des mangas à la télé toute la journée en m'empiffrant de bonbons. Seulement, à quinze ans, mon opinion avait changé. J'avais eu cette révélation terrible que mes parents étaient des enfants qui avaient grandi. Je comprenais qu'un jour je serais aussi vieux que mémé, et qu'elle avait été aussi jeune que moi. Si mes parents avaient toujours raison, c'était uniquement parce qu'ils avaient le pouvoir de nous botter le cul quand on n'était pas d'accord avec eux. L'oncle Albert, qui me répétait tout le temps que j'étais trop petit pour comprendre ses blagues, n'était en fait pas drôle du tout ! Un monde s'effondra.

Le choc avait été tout aussi rude à mon entrée au collège. Mes talents de joueur de billes n'avaient plus aucune valeur dans "l'antre des marques". En classe, les rangées d'élèves étaient exposées comme des rayons de fringues dans les boutiques branchées. J'étais désormais obligé de faire attention à ma façon de m'habiller et de me "décoiffer". L'insouciance, c'était bien fini. Et le lycée n'arrangea rien. Ce fut pire : je réalisai que, depuis mon enfance, je ne faisais que suivre un chemin préalablement tracé, comme mes parents avant moi, et les leurs avant eux... On nous mettait tous sur des rails. Impossible d'en dévier.

Lorsque j'étais allé voir le conseiller d'orientation de mon lycée, je lui avais parlé de ma passion pour la bande dessinée. Mais il m'avait tout de suite aiguillé vers un BEP de dessin électronique, m'assurant que c'était la voie la plus sûre pour trouver un poste stable avec des "possibilités d'évolution de salaire". Il me répéta : "Tu sais combien de personnes rêvent de travailler dans la BD, et du peu qui réussissent ?" Ben oui, mais avec des conseillers d'orientation aussi encourageants, c'était pas étonnant !

Alors, l'élève moyen et docile que j'étais se laissa enfermer dans l'unique case qu'on lui proposait. Une case parmi d'autres, mais sans bulles, et sans passion. Mon destin était tracé comme les lignes impeccables de mes plans de moteurs de voitures. Crayonner des cylindres et des courroies : voilà ce que je ferais jusqu'à la fin de mon existence.

Toutes ces bandes dessinées que je ne pourrais jamais montrer à personne, elles existaient bien pourtant dans un coin de ma tête et sur quelques croquis.

Mon seul salut aurait été de gagner au loto ou d'être sélectionné dans un *reality-show*. Mais je ne tentai ni l'un ni l'autre.

Une secousse sismique, voilà ce qu'il me fallait !

2

À écouter mes grands-mères et mes tantes d'origine espagnole avec tous leurs superlatifs – *Que ojos bonitos preciosos…* – j'étais très beau, voire le plus beau. À égalité avec mes frères et mes cousins bien sûr.

Curieusement, les filles du bahut, elles, ne semblaient pas partager cette opinion. Sûrement une question d'âge : quand on est vieux et qu'on a la peau ridée, on doit trouver magnifique tout ce qui est lisse et jeune.

Les filles me trouvaient drôle et même "plutôt cool". À les entendre, j'étais le petit copain idéal mais dont elles ne tombaient jamais amoureuses. Dans les séries américaines pour ados, j'aurais été l'éternel second rôle, l'ami du héros ; vous savez, le petit mec maladroit qui fait rire tout le monde, celui qui n'a jamais de petite copine et qui meurt d'une leucémie à la fin d'une saison…

Que pouvais-je donc espérer avec un statut pareil ? Dans le meilleur des cas, une aventure avec une figurante !

C'est dingue, il y avait des garçons laids, sans humour et sans aucun charme qui me soufflaient les filles que je convoitais. On m'avait jeté un mauvais sort à la naissance ou quoi ?

Les filles dont j'étais amoureux me disaient toutes qu'il me manquait quelque chose pour que ce soit réciproque. Quand je leur demandais ce que c'était, elles me disaient que je n'avais pas le "truc". Mais ce "truc", qu'est-ce que ça pouvait bien être ? Je commençai à me demander sérieusement s'il ne me manquait pas un chromosome, un gène ou quelque chose comme ça. Y avait-il une explication scientifique à tout ça ?

Un cours de biologie m'ouvrit les yeux. On étudiait les phéromones et l'attirance chimique qu'elles provoquent entre animaux de la même espèce : l'attraction entre les êtres tient uniquement à leur compatibilité chimique.

Là était le problème : l'amour n'était qu'une histoire d'adéquation chimique. Moi qui étais nul en sciences, c'était pas de bol ! Les phéromones que je sécrétais devaient être défectueuses, peut-être même repoussantes.

Tout s'éclairait : les gros nuls qui sortaient avec des canons avaient des super phéromones ! Mais comment lutter contre un phénomène sur lequel je n'avais aucune prise ? Je m'imaginais déjà consacrant ma vie à la recherche de phéromones de synthèse qui rétabliraient l'égalité dans le droit à l'amour.

Mes notes désastreuses en biologie me rappelèrent vite à la raison et me firent abandonner ce beau projet.

3

Tout était donc fade dans cette existence toute tracée. Je voulais que ma vie change. J'attendais un séisme. Je fus servi…

Je viens d'avoir mon permis de conduire. Je suis seul arrêté à un feu rouge. Nous sommes quelques jours avant le 31 décembre. Je me souviens d'être très en colère contre mon frère, je ne sais plus pourquoi. Après, le trou noir.

Un hurlement. Moi ou la tôle froissée ? Et je me réveille dans une chambre d'hôpital avec des tubes partout.

Rien de bien héroïque, pas de quoi alimenter les conversations de fin de soirée : derrière moi, le conducteur d'un 35 tonnes avait perdu le contrôle de son véhicule sur une plaque de verglas. Il m'avait violemment percuté par l'arrière. La veille encore, ma mère me reprochait de ne pas regarder assez régulièrement dans mon rétroviseur. Il faut toujours écouter ses parents…

Lorsque j'ai vu les photos de la voiture après l'accident, j'ai tremblé. Je n'ai pas compris comment on avait pu me sortir de cet amas de tôle froissée. Une compression de César qui venait consacrer une carrière de second rôle !

Une fraction de seconde, un craquement bien distinct dans ma colonne vertébrale avaient été le signal de cette révolution que j'avais tant souhaitée.

4

Le fauteuil roulant a deux avantages : le premier, c'est qu'on est assuré d'avoir une place assise dans les salles pleines de cinéma ; le second, c'est qu'on ne se fatigue pas trop dans les descentes.

Ce sont les deux seuls avantages.

Comme la vie n'est vraiment pas faite pour être vécue en fauteuil roulant, elle devient une succession d'inconvénients.

D'abord, je pestai contre tout ce qui n'était pas adapté à ma nouvelle situation : transports en commun mal équipés, salles de spectacles inaccessibles et avions imprenables… Ensuite, j'en voulus à toute cette compassion que je lisais dans le regard des autres. Leur pitié me clouait littéralement à mon fauteuil, elle tuait en moi toute envie de m'adapter un jour à mon sort.

Il me fallait, pour m'en sortir, trouver un nouveau mode de vie et je décidai de me réinventer ce paradis perdu de l'enfance. Je n'agirais désormais qu'en fonction de mon confort. J'effacerais de ma vie tous les "compatissants" et tout ce qui pourrait renvoyer à mon handicap. Au revoir les amis du centre de rééducation, adieu le handisport. L'égoïsme serait ma religion.

Après la rééducation, j'arrêtai mon BEP de dessin électronique et rentrai aux Beaux-Arts. Puisque, pour y parvenir, j'avais sacrifié ma colonne vertébrale, je m'attendais à trouver d'autres estropiés dans mon genre.

Non, j'étais le seul dans ce cas.

Il y avait dans ma classe une fille très belle et très grande. Ça faisait une sacrée différence de taille quand nous étions côte à côte. Elle n'était pas très douée en dessin, pour ne pas dire carrément gauche, et elle avait trouvé en moi un professeur particulier. J'étais très heureux de passer du temps avec une aussi jolie fille. Quand nous nous promenions tous les deux dans la rue, je soutenais le regard des garçons que nous croisions, comme pour leur dire : "N'y pense même pas, elle est à moi !" Je crois que je rêvais secrètement de vivre un jour une histoire avec elle.

C'est sûrement la plus belle fille que j'ai jamais fréquentée. On se voyait tous les week-ends. Elle était fan de football et, pendant qu'elle me commentait les matchs de la veille, je rattrapais les traits grossiers de ses dessins du mieux que je pouvais. Son père, ses frères et ses ex-petits copains étaient tous joueurs de foot. En général elle quittait ses jules après une mauvaise saison ou une expulsion trop remarquée. Et moi, ignorant tout de ce sport qui m'apportait autant d'émotions que le tricot, je buvais littéralement ses récits footballistiques. Des litres et des litres de salive.

Avec du recul, elle n'avait pas vraiment bonne presse au bahut, elle était même jugée superficielle et vénale. Simon m'avait mis en garde plusieurs fois, comme quoi cette fille était un véritable vampire avec ses proches : une égoïste profiteuse de haut vol. Seulement moi, j'étais béat d'admiration devant sa beauté. Je me serais sûrement laissé sucer tout mon sang, si je n'avais pas fini par remarquer chez elle un vice de forme, un détail anatomique rédhibitoire, qui me permit enfin de décrocher.

Un jour, tandis qu'elle se penchait pour me faire la bise, je remarquai, sur son cou caché par ses cheveux, un énorme grain de beauté. Un nævus encore plus gros que la gomme de mon critérium. Sa couleur et sa forme me rappelaient un fondant au chocolat qui m'avait rendu malade à l'anniversaire de mes onze ans. Ce fut comme un déclic, et je commençai à regarder différemment ma "fêlée du ballon".

Du jour au lendemain, tout me dégoûta en elle : son grain de beauté, ses manières, sa façon de sourire faussement… J'étais en face d'un gigantesque nævus sur pattes ! Surtout, je pris conscience de ce que je pouvais réellement représenter pour elle : un faire-valoir. Je n'avais jamais été pour elle qu'un handicapé. Elle me fréquentait pour s'attirer la sympathie des gens. J'étais sa "bonne réputation". Et j'en eus rapidement la certitude quand elle commença à me parler de l'élection de Miss Annecy. Elle souhaitait mon témoignage durant la cérémonie. Elle eut même l'audace, et la bêtise surtout, de me dire que ce serait une bonne pub pour elle de montrer qu'elle n'avait pas peur de ma différence.

Ce sentiment de trahison me fit sans doute plus mal que toutes mes douleurs physiques passées.

Une sourde idée de vengeance germa en moi. Sans broncher, je répétais avec elle mon beau petit témoignage, et j'écoutais toutes ses recommandations. Mais le fameux soir de l'élection des miss, ma belle Esméralda se retrouva toute seule sur scène. Son Quasimodo l'avait plantée.

Cette triste expérience m'avait appris une chose, ou du moins je le croyais : en amour, il ne vaut mieux pas être un gentil. La gentillesse n'est pas sexy. Les filles adorent les écorchés, les durs qui se révèlent tendres dans l'intimité. Leur rêve, c'est de rencontrer un braqueur de banques qu'elles vont attendrir et finir par promouvoir guichetier du mois... ou de jouer les infirmières...

Et là, cloué dans mon fauteuil roulant, j'avais mes "chances".

Il y en a eu, des futures infirmières à qui je plaisais dès que leurs yeux se posaient sur mes jantes. Quelle ironie ! Mon corps cassé semblait désormais sécréter de bonnes phéromones. Mais, celles-là comme les autres, je les rembarrais d'un: "Ça va je suis pas handicapé, non plus !"

Mon cœur n'aurait plus de place pour les sentiments.

5

À mon retour à la maison, après l'hôpital, tout avait changé. Mes frères cédaient désormais à tous mes caprices. Ils ne répondaient plus quand je les engueulais, ils s'éloignaient simplement. Mes parents, pourtant très portés sur l'alimentation bio, m'achetaient sodas et friandises. Ils m'entouraient d'attentions, et tout se passait selon mon bon vouloir.

Je finis par étouffer et développer une allergie à la mièvrerie. J'avais des envies de meurtre dès qu'on me prodiguait un geste tendre. J'étais devenu dur comme un roc contre lequel venaient se fracasser les attentions de ma famille et de mes amis. J'aurais voulu leur crier : "Venez dans ma zone de dépression ! Allez… Approchez que je vous aspire dans mon typhon et que je vous brise sur mes récifs !"

Mon seul remède fut de partir.

Je m'exilai. Je changeai de ville, arrêtai mes études. Je coupai les ponts avec tous mes proches hormis Simon.

Simon, c'est mon meilleur ami et mon compagnon d'infortune. On se connaît depuis le lycée. C'est le seul qui soit resté égal à lui-même après mon accident : ni trop attentionné, ni trop absent. Il est devenu kinésithérapeute dans une clinique proche de mon nouvel "îlot". Simon est un garçon sensible, maladroit aussi, qui ne sait pas trop s'y prendre avec les filles. C'est peut-être pour ça que je l'aime bien : parce que, d'un certain côté, il est plus pathétique que moi...

Pendant ma rééducation, il tomba amoureux d'une sportive qui se faisait opérer du talon d'Achille. Une fois de plus, il s'y était très mal pris et, à défaut de ne pouvoir courir elle-même, elle le fit courir lui. Jusqu'à ce qu'il soit à bout de souffle, au bord de l'épuisement.

À cette époque, j'ai commencé à trouver un certain équilibre. Ma passion pour le dessin put enfin s'épanouir, et je vis mes premières illustrations imprimées sur des couvertures de livres. Ma colère s'apaisa. J'étais devenu un citoyen comme les autres. J'avais trouvé une façon idéale de m'exprimer au-delà des mots qui sortaient, irrémédiablement violents et agressifs, de ma bouche. Le crayon et le pinceau détournaient ma révolte en arabesques et autres courbes élégantes. Si je commençais par assombrir exagérément un ciel, j'arrivais toujours à l'éclaircir avec une touche de pastel, sans abîmer le papier. J'avais la possibilité de revenir sur des traits trop appuyés. Je pouvais retoucher sans cesse et parvenais enfin à m'exprimer sans pertes ni fracas.

Tandis que mes membres supérieurs s'épanouissaient dans la pratique du dessin, l'élément aquatique me permit de redécouvrir la partie inférieure de mon corps. À la piscine, j'étais comme un poisson dans l'eau. Mes jambes n'étaient plus un poids : elles flottaient. Elles semblaient même parfois bouger au gré des remous du bassin.

Avant mon accident, j'avais une fausse idée de la paraplégie. Je pensais que quand on a perdu l'usage de ses jambes, le bas du corps ne compte plus. Faux, il compte d'autant plus qu'il est un poids mort bien encombrant à bouger.

Quand je me réveillai après mon opération, un geste de ma main sous les draps découvrit des membres étrangers : ces cuisses, cette verge, ces testicules pourtant rattachés à mon corps ne semblaient plus m'appartenir ; je ne les ressentais plus. Absents et pourtant présents tant ils m'entravaient dans tous mes déplacements. Un bagnard relié à son boulet à vie, voilà à quoi j'étais réduit.

Comme j'ai pu les haïr ces jambes dont les terminaisons nerveuses refusaient de répondre ! Et encore, ma blessure étant basse, j'avais eu "la chance" d'avoir une paraplégie partielle. La rééducation me permit d'améliorer mon autonomie. Je ressens un peu mes jambes, par endroits, si je pince fort. Pouvoir uriner et déféquer normalement sans l'aide de médicaments ou de massages est devenu un véritable luxe. Mais surtout, un jour, j'ai pu bander à nouveau.

Cela se passa en pleine séance de rééducation, dans un exercice qui m'obligeait à avoir le bassin bien collé contre les fesses de ma kiné. Une femme douce, et tout en rondeurs. Tous les hommes du service en étaient amoureux. Elle faisait travailler mes mollets quand soudain, elle s'arrêta un peu étonnée, et se retourna vers moi :

– Théo, eh bien alors ?!

Je ne compris pas tout de suite, et puis je ressentis mon sexe tout gonflé, dur comme un roc contre lequel Roland lui-même aurait brisé son épée. Sans réfléchir je criai :

– Je bande ! Je bande !

Cela fit rire tout le monde, mais moi j'étais vraiment ému.

6

Je déteste ces soirées où la musique est assourdissante, où l'on est obligé de parler plus fort, de rire plus fort et d'afficher une humeur exagérément bonne.

Ce fut donc un vrai petit miracle de "la" rencontrer dans ces circonstances.

Ma journée avait été atroce. Je m'étais engueulé au téléphone avec un éditeur qui m'avait commandé la couverture d'un livre religieux pour enfants : il n'avait pas apprécié mon dessin de Jésus utilisant sa croix comme planche pour surfer sur les nuages. Après ce coup de fil, j'avais jeté mon téléphone contre la vitre de ma bibliothèque, qui avait explosé en mille morceaux. Trois heures à ramasser tous les petits débris de verre !

Je me disais qu'une journée comme ça, il fallait l'achever en beauté.

Je pris donc ma liste "top ten" des sorties que je déteste le plus. J'hésitais entre un karaoké et un bowling quand Simon m'appela pour me proposer justement de l'accompagner à une fête. Comme j'acceptai sans hésiter, Simon comprit que j'étais de sale humeur. Oui, normalement j'aurais préféré un bon cinoche. Mais là, je me sentais le besoin d'écouter des gens éméchés ponctuant leurs blagues nulles de rires gras. Souvent d'ailleurs, je passe des soirées entières à guetter le rire le plus bête du monde. J'en ai rencontré quelques beaux spécimens.

Curieusement, ce soir-là, en entrant dans la pièce, je ressentis une atmosphère chaleureuse qui m'apaisa instantanément. Cette bonne humeur n'était pas feinte. Pour ne pas trop me faire remarquer avec "ma bécane", j'allai immédiatement me poster près du buffet.

Je jetai tout de même un regard réprobateur au type d'à côté qui était en train d'allumer une clope. Il le remarqua et m'en proposa une très gentiment. Son geste me plut et j'acceptai. Puis je me mis à regarder la salle et les danseurs, tout en crapotant. J'admirais les corps ondulants des jolies filles aux formes sexy.

Soudain, la piste s'ouvrit comme la mer dans *Les Dix Commandements* et je la vis, *elle*...

Je ne suis pas tombé amoureux d'*elle* dès que je l'ai vue. Non, j'en suis tombé amoureux dès qu'*elle* a posé ses yeux sur moi. Le regard de l'autre est toujours un miroir qui renvoie à soi un reflet qui ne trompe pas.

Or ce que l'on me renvoyait de moi d'habitude était un sentiment trouble. Pas *elle*. Non, dès que ses yeux malicieux m'ont observé, je me suis senti beau. Dans ses deux pétillants miroirs, je n'étais plus un garçon en fauteuil roulant qui fait l'attraction des soirées. Non, j'étais Théo, simplement. *Elle* me regardait avec ce qui me semblait être du désir. En tout cas, avec un petit sourire au coin des lèvres, qui semblait clignoter comme un panneau signalant : "C'est bon, tu peux venir me parler."

Oui, la première chose que je remarquai chez *elle* fut son regard. La plupart du temps, les gens baissent les yeux…

Qui était-*elle* au juste ?

Je posai la question à Simon qui m'avait rejoint. Il m'apprit que c'était une étudiante russe. Je crois bien qu'il l'avait remarquée aussi… *Elle* semblait ne connaître personne, toute seule debout près de la cheminée, une coupe de champagne à la main.

J'avais envie de lui parler, mais pour lui dire quoi ? Allez, juste une phrase, un compliment sur sa coiffure par exemple. Du genre sujet-verbe-complément.

Il fallait que je fasse vite, car *elle* allait partir. Ou pire, quelqu'un de plus téméraire allait l'aborder avant moi.

Bingo ! Une espèce de minet s'est pointé avec sa bouteille de champagne : "Bonsoir mademoiselle, une petite coupe de champagne ?" Et il commença sa drague minable : "Je peux pas croire qu'une fille comme vous soit toute seule ce soir !"

Je devais réagir, la libérer des griffes de ce ringard. Je me mis à rouler vers eux. Plus je m'en approchais, moins je savais quoi dire pour interrompre le dragueur. Finalement tout ce que je trouvai de mieux à faire fut de lui rentrer dedans.

Surprise, *elle* laissa échapper son verre qui se brisa sur le sol. Le minet se retourna vers moi, furieux. Mais quand il me vit dans mon fauteuil, j'eus juste à feindre la maladresse pour qu'il se calme, et il finit par s'éloigner en boitant douloureusement.

Elle s'était agenouillée pour ramasser les débris de verre. Je sentis chez *elle* une pointe d'agacement, j'avais une fois de plus été maladroit. Je m'excusai et *elle* me rétorqua :

– Je déteste les mecs rentre dedans !

Sa repartie me souffla, mais vite je répliquai :

– Vous êtes russe ? Mon grand-père était russe…

– C'est vrai ?

– Non. Par contre, j'ai des origines espagnoles !

Elle sourit, amusée.

Pour finir de m'excuser de mon entrée fracassante, j'accusai les freins de "ma bécane" qui ne répondaient pas bien. Tout en parlant, je me rapprochai d'*elle* au milieu des débris de verre. Et là, *elle* repoussa gentiment mon fauteuil en disant avec un petit regard espiègle :

– Eh bien reculez, sinon vous allez crever aussi...

À partir de ce moment-là, je sus que c'était vraiment *elle*. Celle que je n'aurais jamais cru pouvoir rencontrer.

J'ai découvert qu'*elle* avait un prénom : Sofia.

7

Quand deux personnes se plaisent, elles devraient pouvoir sortir ensemble dès le premier soir. Car ensuite, le jeu amoureux s'en mêle et tout devient affreusement compliqué. En matière de flirt, il faut respecter des règles aussi strictes que les normes de sécurité européennes concernant les jouets pour enfants.

Tout ça, c'est Christine, la serveuse du restaurant chinois en bas de chez moi qui me l'a appris. Son restaurant s'appelle "Le Palais de Chine". Avec un nom comme ça, j'ai tout de suite su que j'y serais reçu comme un prince. Et surtout, c'était le seul du quartier qui fût muni d'une rampe d'accès pour fauteuil roulant. C'était devenu ma cantine où je commandais invariablement un rouleau de printemps. Un jour Christine refusa de m'en servir et me fit remarquer que la carte du Palais de Chine était plus variée que celle d'un fast-food. Pour m'engager à plus de curiosité, elle me proposa de me faire goûter de nouveaux plats avec la garantie de ne payer que si je les aimais. De canard laqué en nems au porc, nous sommes devenus amis. Christine était une véritable croqueuse d'hommes. Elle devint donc aussi ma conseillère attitrée en matière de séduction.

Bref, le lendemain de ma rencontre avec Sofia, quand, au Palais de Chine, Christine vint m'apporter mon plat principal, elle me regarda en souriant, et me lança : "Toi, t'as rencontré quelqu'un !" Je n'avais pourtant rien laissé paraître et j'avais commandé les mêmes brochettes de porc à la citronnelle que d'habitude. Peut-être avait-elle lu que j'étais amoureux dans ma sauce pour les nems… Il y en a bien qui lisent dans le marc de café !

Moi qui tentais depuis des semaines de lui démontrer que l'amour n'existait pas, je me mis à lui parler de mes sentiments pour Sofia : des papillons qui s'agitaient dans mon ventre chaque fois que je pensais à elle… Aussi Christine décida-t-elle de me donner un cours de stratégie amoureuse. Elle remit en question mon fatalisme amoureux. Selon elle, tout n'était qu'une question de méthode. Le fameux "truc" n'était qu'un machin.

Elle m'expliqua : "Pour que la fille tombe vraiment amoureuse de toi, il faut que tu la rendes vitalement dépendante. Commence par trouver une faille chez elle. Si tu sens qu'elle n'est pas sûre de son physique, eh bien, fais-lui une petite remarque. Taquine-la par exemple en lui disant qu'elle a les mêmes oreilles que Will Smith. L'idée, c'est de lui mettre la tête sous l'eau. Elle va lutter, tenter de respirer… Tu attends qu'elle manque d'air, et tu lui tends la main : en la flattant sur sa silhouette de Monica Bellucci. Et là, tu deviens son sauveur !"

Je trouvais l'image un peu violente, je n'avais pas du tout envie de noyer Sofia, moi. Elle remarqua mon scepticisme et se contenta alors de m'énoncer une liste de règles à connaître par cœur :

RÈGLES ÉLÉMENTAIRES DU FLIRT

Règle n° 1 : Trouver un bon prétexte pour revoir la fille, mais surtout ne pas lui montrer que c'est important. (Ça, je n'étais pas sûr d'y être arrivé : à la fin de la soirée, j'avais tenu à vérifier par deux fois si je ne m'étais pas trompé en recopiant son numéro de téléphone. J'avais bafouillé et rougi à la fin…)

Règle n° 2 : Ne jamais la déshabiller du regard, ne pas lui montrer qu'elle vous plaît. (Ça, c'était trop tard ! Incapable de détacher mes yeux de son visage, j'avais fait déborder son verre en lui resservant du champagne.)

Règle n° 3 : La règle des trois jours : attendre trois jours avant de la rappeler et ainsi ne pas lui montrer qu'on ne pense qu'à elle. (Encore raté : le matin même, j'avais tenté plusieurs fois de la joindre et fini par lui laisser un message. En deux parties, ayant omis dans le premier de laisser mon numéro… Ce qui était bête puisque je le lui avais donné la veille…)

À l'énoncé de ces trois règles, que j'avais allégrement transgressées, mon moral coula à pic. Mais Christine finit sa leçon en me donnant une quatrième et dernière règle, qui me fit instantanément remonter à la surface :

Règle n° 4 : En matière de sentiment amoureux, il n'y a aucune règle !

8

J'attendis tout le week-end l'appel de Sofia. Je tirai le fil de mon téléphone jusque dans les toilettes pour être sûr de ne pas la louper. Je vous épargne les nombreuses fausses joies que je subis, suite aux appels de mes proches…

Par dépit, je m'étais vautré sur mon canapé à regarder Vidéo Gags en mangeant des pistaches. Entre la chute d'un chat dans une baignoire pleine et celle d'un type tout habillé dans une piscine vide, je tentais de me persuader qu'il n'y avait rien de mieux que le célibat.

Quand la sonnerie du téléphone retentit, je sursautai si fort que toutes mes pistaches s'éparpillèrent sur le tapis. J'avalai une coquille de travers et commençai à tousser. Si bien qu'en décrochant, je ne pus répondre au joli accent slave de Sofia que par une toux discontinue.

Impossible de m'arrêter, de sortir un mot pour m'excuser. Du coup, elle fut prise d'un fou rire. Quand je réussis enfin à articuler un mot entre deux quintes, Sofia, hilare, était au bord de l'étouffement. On n'a pu se parler qu'au bout de cinq bonnes minutes de toux et rires mélangés. Une cacophonie qui laissait présager une histoire bien insolite.

Sofia était clarinettiste au conservatoire d'Annecy. Elle venait de débarquer de Saint-Pétersbourg et ne connaissait pas du tout la ville. Aussi inspiré qu'un scénariste de *sitcom*, je proposai de lui faire visiter celle qu'on surnomme la "petite Venise" (comme des dizaines d'autres villes avec des canaux). Ma proposition était aussi séduisante qu'un voyage organisé sur un dépliant touristique, mais elle me permit de revoir Sofia le samedi après-midi suivant.

Je lui avais donné rendez-vous en bas de chez elle. Je fixais l'entrée de son immeuble en me persuadant que je pouvais rencontrer des filles comme Sofia tous les jours.

Est-ce que je ne m'étais pas emballé trop vite ? Le champagne avait pu altérer mes sens et je serais peut-être déçu. Il y a une lumière si tamisée dans ces soirées que, quand vous revoyez les gens à la lumière du jour, de drôles de surprises vous attendent. On commence une conversation à la tombée de la nuit avec un Botticelli et on la finit au lever du jour avec un Picasso… J'avais passé ma semaine à essayer de redessiner la pureté de son visage. En vain. J'allais sans doute me rendre compte que mes croquis étaient finalement mieux que l'original.

J'attendais en écorchant *Imagine all the people* de John Lennon, histoire de me détendre. Yoko Ono aurait pu me faire mettre en prison pour moins que ça ! J'aurais plutôt dû choisir un morceau fleuve des Pink Floyd, étant arrivé une bonne dizaine de minutes en avance. Je me voyais déjà esquinter tout l'album quand, au deuxième refrain, j'entendis derrière moi un joli sifflement qui reprenait les notes exactes de la chanson.

Je me retournai et, à la vue de Sofia, je laissai échapper : "Botticelli…"

Elle cessa son récital et me sourit.

Nous passâmes la journée entière à nous balader et à discuter. Mes pneus et ma langue en étaient lisses. Je ne m'étais jamais senti aussi bien avec quelqu'un et j'étais prêt à partir en aquaplaning avec elle, quand elle voulait, où elle voulait…

Dans les yeux de Sofia, je me vis meilleur. En sa présence, j'avais la sensation d'être plus drôle, plus beau et beaucoup plus intéressant que je ne l'avais jamais été.

Sofia a deux petits grains de beauté sur la joue, exactement là où je les aime. Je suis sûr que les grains de beauté sont comme les étoiles dans le ciel, ils forment aussi des constellations sur notre peau. Intuitivement on sait décrypter cette astrologie complexe et on devine que ces deux petits grains de beauté juste l'un en dessous de l'autre correspondent à un certain trait de caractère, qu'on aime ou qui nous agace. Ça n'a rien d'une science exacte, mais je pense que ces petites taches, outre le fait qu'elles influent sur notre perception des gens, révèlent certains aspects de notre personnalité. Moi, j'ai un visage sans constellation. C'est mon côté pudique sans doute. Je refuse de me dévoiler facilement.

J'aurais voulu que cette journée aussi délicieuse qu'une glace *"strawberry's cheese cake"* fût comme un pot sans fond. Mais ma cuillère finit par racler les derniers morceaux de fraises et nous retournâmes à la case départ devant son immeuble. Elle habitait un studio au cinquième sans ascenseur et je savais d'avance qu'elle aurait la décence de ne pas me proposer de monter.

Sofia m'adressa alors un petit regard par en dessous et me demanda timidement si elle pourrait un jour regarder mes dessins. C'était elle qui proposait de nous revoir et je n'avais pas besoin d'avoir Christine à l'oreillette pour comprendre que c'était bon signe. Je lui proposai de venir dès le lendemain.

Cette nuit-là, je ne dormis pas, j'étais trop occupé à me remémorer en boucle ma première journée avec Sofia.

9

Célibataire endurci, j'avais pris pour habitude de ne briquer mon appartement que pour les visites féminines. Cela faisait une éternité que je n'avais pas fait le ménage et il était grand temps – par mesure d'hygiène – qu'une fille me rende visite !

J'ai toujours été un garçon désordonné, au grand désespoir de mes parents. Dès mon plus jeune âge, j'ai développé une "désordonite aiguë". À cinq ans, au milieu de ma chambre transformée en vaste champ de bataille, on me surnommait déjà Attila.

Ce fameux jour où Sofia devait me rendre visite, j'avais fait le grand ménage dans mon studio. Plus incroyable encore, je m'étais rasé et parfumé.

Après les cinq minutes de retard réglementaires – celles qui permettent de pousser les dernières miettes de pain sous le tapis et de se recoiffer pour la millième fois –, la sonnette retentit. Quand je l'invitai à entrer, Sofia ne passa que sa tête dans l'embrasure de la porte, comme si elle cachait quelqu'un derrière elle. Elle m'annonça qu'elle voulait me présenter son compagnon Paolo…

Une décharge électrique se propagea dans tout mon corps à une vitesse vertigineuse. Je réussis à maîtriser mon angoisse en claquant simplement des dents. Sofia n'avait rien remarqué. Elle fit alors apparaître l'objet de mon coup de sang : sa clarinette ! J'avais évité de justesse l'attaque cardiaque. Un bouche à bouche comme premier baiser, je ne suis pas sûr qu'elle serait revenue.

– Paolo, je te présente Théo, dit-elle en s'adressant à son instrument.

Elle me tendit la clarinette et me demanda de lui dire bonjour en jouant une note. Après un moment d'hésitation, je soufflai dedans et produisis un son déchirant qui m'aurait valu d'être engagé sur-le-champ par Wes Craven pour composer la bande originale de *Scream 4*.

Sofia regarda mes illustrations avec enthousiasme. Ses yeux s'éclairaient en permanence. Mais curieusement, plus elle s'émerveillait, plus je doutais de moi. Comment pouvais-je si vite oublier mon statut d'éternel second rôle ? Cette fille, c'était princesse Léïa en personne. Moi je n'arrivais même pas à la cheville de R2D2...

Je ressentis l'envie de lui confier mes doutes, toute ma tristesse. Je voulais aussi la remercier d'être ce qu'elle était, car elle avait réveillé les papillons dans mon ventre.

Ces sombres pensées étaient en train de me rendre aussi froid qu'un iceberg. Heureusement, pour briser la glace, Sofia me proposa une première leçon de clarinette.

Elle me fit asseoir sur le lit à côté d'elle afin d'être à la même hauteur. Ce déplacement ne me posa pas de difficultés, y étant habitué. Mais il me laissa un sentiment de malaise que je n'avais pas subi depuis longtemps ; j'avais l'horrible impression de traîner mes jambes mortes, comme un fardeau honteux. Consciencieusement et avec délicatesse, elle guida mes doigts sur son instrument. Puis, comme si cela faisait partie de la partition, elle déposa un baiser sur ma joue, puis un autre sur ma bouche. Je n'avais jamais ressenti une affection et une sensualité aussi intenses. Je fondis instantanément dans ses bras et ma tendresse se mêla naturellement à la sienne.

La vie pouvait être simple. C'était moi qui étais compliqué.

10

Je suis capable de scruter le visage de Sofia pendant des heures. Si, pour un sondage, on me demandait de décrire mon genre de fille, je dirais : "Une fille avec un visage qu'on peut regarder pendant des heures. Avec des yeux habités de malice, des sourcils dessinés pour souligner cette malice et de longs cils."

En fait, je répondrais : "Sofia."

Au petit déjeuner, on fait des batailles de grognements, c'est à celui qui mangera sa tartine avec les grommellements d'amour les plus significatifs. On se met de la confiture partout si bien qu'on a pris l'habitude de prendre notre douche après...

Sofia est ma première vraie histoire d'amour ; ça me fait bizarre de me promener à ses côtés. Dans la rue, je ne peux pas lui donner la main, sinon je tournerais autour d'elle. Je crois que ma parano sur le regard des autres a repris. Je n'aime pas quand Sofia m'embrasse en public. Je n'aime pas qu'on nous voie ensemble.

J'en ai vraiment eu la révélation l'autre jour alors que je l'attendais au conservatoire. Elle arriva derrière moi et me cacha les yeux avec ses mains. Elle avait des gants très doux et c'était très agréable, mais quand elle se pencha par-dessus mon fauteuil pour m'embrasser, je ne trouvai ça plus plaisant du tout. Soudain, j'eus comme une vision, une image furtive de nous deux vus de l'extérieur.

C'était dingue comme Sofia était obligée de se pencher pour m'embrasser. On aurait dit qu'elle embrassait son petit frère. Ça donnait d'un seul coup à notre couple un côté incestueux qui me dérangeait. Il fallait vraiment que je sois à sa hauteur…

En rentrant chez moi, cette idée me resta dans la tête comme un chewing-gum accroché à la semelle d'une chaussure. Je revoyais l'image de son corps arcbouté sur le mien formant un monticule disgracieux. Notre couple était grotesque.

À partir de ce moment-là, je refusai à Sofia tous les baisers en public. Je ne voulais plus montrer ce spectacle pathétique, je ne voulais plus qu'elle ait à se tordre pour m'embrasser.

Dans la rue, je ne pouvais plus m'empêcher de regarder les couples sans comparer les tailles. Dans quatre-vingt-cinq pour cent des cas, le garçon était aussi grand ou plus grand que la fille. Les quinze pour cent restants me faisaient l'effet de couples bancals. Ils me mettaient mal à l'aise et je savais que, par ma faute, nous faisions partie de cette minorité-là. Il y avait quelque chose d'anormal, de répugnant.

Le soir même, en regardant à la télévision un documentaire sur le film *Casablanca*, j'appris que l'acteur Humphrey Bogart était beaucoup plus petit que sa partenaire Ingrid Bergman, si bien qu'on avait construit un parcours en plancher surélevé pour qu'il puisse toujours être à sa taille.

Une étrange idée germa dans ma tête.

J'allais me fabriquer une estrade qui me permettrait d'être à la même hauteur que Sofia ; un "podium à baisers" qui ne me laisserait plus ce mauvais arrière-goût incestueux.

Tandis que Sofia était occupée à faire ses gammes dans la chambre, je me mis à l'ouvrage. Derrière ma bibliothèque, j'avais retrouvé une ancienne planche à dessin suffisamment robuste pour accueillir mon fauteuil. Avec la minutie d'un bibliothécaire et la précision d'un géomètre, je choisis des livres pour la rehausser. L'intégrale de Proust en poche s'avéra être un bon choix. Les reliures de ces volumes sont solides, aucun risque de dérapage à cause de feuilles qui se détachent. Je fis des calculs assez complexes pour trouver le nombre exact d'ouvrages à placer sous la planche : je devais me retrouver pile à la taille de Sofia.

Puis, je calai deux morceaux de bois assez longs qui me serviraient de rampe d'accès. Ce podium à baisers était rudimentaire et ce ne fut pas sans efforts ni appréhension que je me hissai dessus. Une fois parvenu, je ressentis vraiment la fragilité de ma construction. Mais pour ne pas effrayer Sofia – qui allait déjà être assez étonnée de me voir ainsi juché – je décidai de garder à tout prix mon sang-froid. J'effectuai une petite série de respirations abdominales afin de me relaxer, vérifiai une dernière fois ma hauteur à l'aide d'un mètre et je l'appelai enfin.

– Sofia, tu peux venir voir une seconde ?

Mon ton qui se voulait détaché sonna comme un appel au secours. Je sentais bien que je n'allais pas tenir longtemps sur ce bidule. J'avais le vertige. Ma tentative était vouée à l'échec, j'allais sûrement vomir, basculer en arrière et me faire mal. J'allais finir tétraplégique avec mes conneries !

Heureusement, Sofia arriva tout de suite. Elle était en train de régler sa clarinette quand elle leva les yeux vers moi. Elle s'arrêta net.

– Qu'est-ce que tu fais là ? me demanda-t-elle en s'approchant doucement.

J'essayai de la rassurer en lui expliquant que j'avais bloqué les freins des roues de mon fauteuil et que ça ne risquait rien. Mais, d'un rapide coup d'œil, Sofia vit bien que mon installation ne respectait absolument pas les normes élémentaires de sécurité. Elle me pressa de descendre au plus vite.

J'étais trop près du but pour abandonner. Alors, quand son visage, aussi préoccupé que celui d'un démineur en plein désamorçage, se trouva près du mien, je lui murmurai :

– Embrasse-moi.

Après un instant d'étonnement, la curiosité l'emporta et elle accepta de se prêter au jeu. Prudemment, elle avança son visage quand… un livre tomba et mon fauteuil bascula en arrière. Sofia laissa échapper un cri. Je me rattrapai de justesse en projetant tout mon poids en avant tandis qu'elle s'accrochait à moi.

Un semblant d'équilibre rétabli, elle m'ordonna de descendre de mon "échafaud". Ce que j'exécutai dans la seconde, sans protester.

Je fis la tête pendant le reste de la journée, ce qui nous évita d'avoir à épiloguer sur cette histoire. Je ne voulais plus en entendre parler.

Sofia fut bien obligée d'accepter le classement de l'affaire 173 PB. 173 pour le nombre de centimètres que j'avais atteint. PB pour "podium à baisers".

11

Être dans un fauteuil roulant, c'est s'adapter à un nouveau point de vue. Plus rien n'est à votre hauteur. Il devient impossible d'effectuer certains gestes essentiels de la vie courante. Retirer de l'argent à un distributeur tient de l'ascension de l'Everest. Plus question de participer à une *ola* pendant un match de foot ni de se pencher par-dessus l'épaule d'un curieux pour regarder un accident…

On se retrouve de la taille d'un enfant. Et la condescendance avec laquelle certaines personnes vous traitent tend à confirmer que vous en êtes redevenu un, comme si vos capacités mentales avaient fondu d'un coup.

Ce nanisme forcé a souvent des conséquences embarrassantes. Un jour, Sofia me demanda de l'accompagner en ville pour se rendre dans un magasin de musique qui, d'après elle, était le seul à posséder les partitions d'un obscur compositeur croate, dont l'existence reste encore à prouver. La boutique était tout aussi introuvable que les partitions en question. Nous tournâmes en rond dans le même quartier pendant des heures. Pas un panneau ou une affichette pour en indiquer la direction. Je commençai à m'agacer sérieusement que cette petite course se transforme en véritable rallye. Il avait plu et je faillis m'embourber plusieurs fois dans la chaussée de cette ville constamment en travaux.

Après nous être retrouvés pour la troisième fois dans la même impasse, Sofia finit par demander de l'aide. Sauf qu'elle eut la brillante idée de s'adresser au propriétaire d'un rottweiler. J'aime les chiens, mais uniquement sur les banquettes arrière des voitures avec la tête qui bouge dans les virages. Il y avait pourtant tout autour de nous de gentilles vieilles dames qui se seraient fait un plaisir de nous renseigner ; des grands-mères serviables qui nous auraient accompagnés jusque devant la boutique et, en guise d'au revoir, nous auraient offert un carambar… Non. Sofia choisit sûrement le seul type à la ronde à posséder un molosse dont l'énorme gueule m'arrivait pile à la hauteur du visage.

Le gars en question expliqua à Sofia l'itinéraire à suivre. Il voyait très bien où se trouvait le magasin, mais il mit un temps fou à nous livrer son fameux raccourci.

Nous indiquer le chemin normal lui aurait pris, à coup sûr, plusieurs jours !

Pendant tout ce temps, j'étais seul face à la respiration haletante de son clébard, dont l'haleine me rappelait terriblement une station d'épuration... Pour éviter de me trouver mal, je détournai légèrement la tête sur le côté. Le chien, sûrement bien dressé, prit mon mouvement de tête pour un ordre et posa immédiatement ses deux grosses pattes avant sur mes cuisses. Son poids fit dangereusement basculer en avant mon fauteuil. Je bloquai mes roues de justesse pour ne pas me renverser. Mon salut était un surplace spectaculaire, qui aurait pu rivaliser avec les meilleurs numéros du cirque Bouglione.

Le chien profita de cette intimité pour me labourer généreusement le visage avec sa langue. Ce n'est qu'à mon troisième "Heu, c'est-à-dire..." que son maître me libéra de sa salive pestilentielle en disant : "Il est pas méchant, vous savez." Comme si c'était ça le problème...

Sofia eut un fou rire très appuyé, un gloussement étouffé plutôt vexant, que je classai directement troisième dans mon "top ten" des rires les plus bêtes du monde. Quant au magasin en question, il s'avéra fermé pour cause de décès – le gérant avait dû se faire trucider par un client excédé par la recherche de sa boutique.

12

Je déteste sortir de ma tanière, mais Sofia trouve toujours de nouvelles ruses pour m'en déloger.

Son moyen le plus sûr est la piscine. Elle a bien compris que l'eau est le seul élément dans lequel je me retrouve à égalité avec elle. Chaque fois que nous y allons, j'insiste pour que l'on fasse des courses et des concours d'apnée.

On a inventé un petit jeu que j'aime beaucoup qui consiste à se laisser couler vers le fond du bassin en s'embrassant. Nous sommes enlacés, *debout*, sur le sol carrelé de la piscine ; nous respirons par la bouche l'air de nos quatre poumons. Le premier de nous deux qui décolle ses lèvres a perdu. Moi, je peux tenir longtemps comme ça. Sofia, elle, remonte plus rapidement.

Curieusement, depuis que je viens à la piscine avec Sofia, les gens n'ont pas le même comportement avec moi. J'ai l'impression d'une connivence entre les maîtres nageurs et Sofia dont je suis exclu. Ils ne s'adressent d'ailleurs plus directement à moi, mais à elle, comme si elle était ma baby-sitter.

Une fois d'ailleurs, je fus interpellé par un gamin. Un mioche de six ans qui – vu la désinvolture avec laquelle il me parlait – devait me prendre pour un de ses camarades du petit bassin. Il me lança comme ça, en désignant mon fauteuil :

– Tu t'en sers pour nager ?

Alors moi, pour ne pas me démonter, je lui répondis qu'il s'agissait d'un sous-marin monoplace. Je lui expliquai comment, en actionnant les roues, je pouvais me diriger sous l'eau et comment, en reliant mes narines aux chambres à air par un tuyau, je pouvais respirer au fond de la piscine pendant des heures. Avec l'air du gosse prétentieux qui a le dernier jouet à la mode, je l'anéantis :

– T'en as pas toi ?… T'es nul !

Là, le gosse demanda à sa mère :

– Maman, je veux un fauteuil avec des roues comme lui ! Maman je veux un fauteuil roulant !!!

Plus sa mère tentait de le faire taire, plus il criait fort ! Désespérée, elle finit par lui promettre que s'il était sage, son père lui péterait la colonne vertébrale avec une barre de fer ! Je plaisante… Non, à défaut d'arriver à le raisonner, elle dut le traîner dehors. Il se débattait en tendant les mains vers moi, pleurant à chaudes larmes. J'avais l'impression d'être une grosse peluche que sa mère avait refusé de lui offrir.

L'eau était toujours à la bonne température dans cette piscine. Seulement, depuis quelque temps, quand je buvais la tasse, le chlore me laissait un arrière-goût acide qui me soulevait le cœur. Oui, même là-bas où nous flottions elle et moi à la même hauteur, l'image du couple mythique de *Casablanca* m'obsédait...

C'est vrai, la position originelle du baiser est naturellement la verticale, les deux corps enlacés debout.

Et si je me suspendais à une poutre par les bras ? Je pourrais donner l'illusion de marcher vers elle en avançant une main devant l'autre ? Le problème était que je vivais dans un appartement moderne sans poutres apparentes. Je songeai un instant à déménager dans une habitation mansardée. Mais l'idée de m'éloigner du Palais de Chine et de perdre ma précieuse cantine me fit revenir à la raison.

Je décidai alors d'installer chez moi une barre de traction dans le petit couloir entre mon séjour et ma cuisine. Quand Simon vint à la maison l'installer, il dut supporter les commentaires du type qui n'a jamais touché à un tournevis de sa vie, mais qui sait mieux que quiconque comment s'y prendre. Ensuite, il attacha solidement une corde à la barre, de manière que je puisse facilement m'y hisser.

Dès le lendemain, je voulus faire la surprise à Sofia. Elle arrosait les plantes du séjour avec un pulvérisateur, en imitant à chaque pression, avec la bouche, la détonation d'un flingue. Enfin, elle ouvrit la porte du séjour et se retrouva face à moi "debout", les mains accrochées à la barre.

Après un tressaillement de surprise, elle me montra son pulvérisateur espiègle :

– C'est pas un pistolet, tu peux baisser les bras Théo…

Je lui tendis mes lèvres dans une moue suppliante. Amusée, elle me donna un long baiser. C'était bon de sentir son corps contre le mien, débarrassé de mon "fauteuil-bouclier". Ses mains m'enlacèrent et glissèrent le long de mon corps.

Malheureusement, j'avais surestimé mes forces.

D'un seul coup je lâchai prise, et je tombai aussi lourdement qu'un "paresseux" surpris en plein rêve.

173 BDT. BDT comme "barres de traction". Nouvelle affaire classée !

13

Simon me proposait de nous retrouver dans un bar. Il avait rencontré une fille qu'il voulait me présenter. Apparemment rien n'était encore fait, mais connaissant Simon, s'il laissait encore trop traîner, il deviendrait sans doute "comme un frère" pour elle.

Sofia fut très étonnée et heureuse de cette sortie. Elle ne connaissait pas mes amis. Elle avait croisé Simon à la fête, mais on n'avait jamais passé une soirée ensemble.

On s'était donc tous retrouvés le soir même : Sofia, Christine, Simon et sa dulcinée : Marina. Simon m'avait dit : "Tu sais, c'est vraiment quelqu'un de rare, quelqu'un de spécial. Je crois que je n'ai jamais ressenti ça pour personne." Une phrase qu'il me répétait chaque fois que son cœur d'artichaut se remettait à battre la chamade pour une nouvelle “rareté”. Cette fois-là, il avait ajouté cependant le terme “spécial” et ça aurait déjà dû me mettre la puce à l’oreille...

Dès que je la vis entrer avec son sourire XXL, proportionnel à l’importance des problèmes qu’elle avait à cacher, je compris qu’il avait tiré le gros lot. Bingo ! J’appris plus tard qu’elle avait fait plusieurs séjours en hôpital psychiatrique, et qu’elle était, entre autres, anorexique et éreuthophobe (quelqu’un qui a une peur panique de rougir en public). Simon avait dû lui parler de ma situation car, lorsqu’elle s’approcha de moi, je sentis qu’elle avait répété la scène une bonne dizaine de fois. Elle me fit la même bise qu’elle aurait faite à un malade en phase terminale et laissa transparaître dans son regard plus de compassion que chez Mère Teresa et l’abbé Pierre réunis.

Dès l’instant où on lui donna la parole, elle ne la rendit plus. Elle partit avec comme une voleuse et l’emmena très loin sur des chemins tortueux où on n’arrivait pas à la suivre. Soit cette fille était sous amphétamines, soit elle participait à un concours pour placer le plus possible de superlatifs dans une phrase.

Marina était comédienne. Elle faisait partie d’une troupe de théâtre extraordinaire dont le metteur en scène, qui était un génie, avait eu l’idée lumineuse d'adapter la langue de Shakespeare en verlan, tout ça dans le souci de mettre la culture à la portée des banlieues. L'unique représentation s'était terminée en émeute et avait été, selon elle, aussi grandiose que *Guernica* de Picasso, Picasso qui devait être une femme pour avoir une sensibilité aussi exacerbée...

On dit que l'amour rend aveugle mais il doit rendre sourd aussi, car Simon buvait littéralement ses paroles.

Le calvaire prit fin quand elle décida d'aller "ouvrir ses chakras par l'expression merveilleuse du corps". Entendez par là qu'elle nous lâcha enfin la grappe pour aller danser. Sofia la suivit sur la piste de danse, près des baffles, mais sûrement plus pour se dégourdir les tympans que les jambes.

C'est à ce moment-là que Christine, prétextant un coup de fil urgent, m'abandonna lâchement et que je me retrouvai seul avec Simon. Celui-ci me regarda avec un sourire béat et me lança :

– Alors, elle n'est pas exceptionnelle ?

J'étais terrifié. Elle lui avait déjà refilé son virus de la "superlatite aiguë". Je répondis sans trop me mouiller :

– Oui, dans son genre, on peut dire qu'elle est vraiment exceptionnelle...

J'étais malade de voir mon meilleur ami dans un état pareil. Tandis qu'il me déclamait littéralement du Baudelaire en la regardant danser, elle nous fit signe de venir. Simon se leva avec le même regard que la petite fille dans *L'Exorciste* et fonça la rejoindre.

Marina insista pour que j'aille sur la piste. Elle m'adressa un geste signifiant que moi aussi, je pouvais danser malgré mon fauteuil. Quelle conne ! Alors là vraiment, elle dépassait les bornes. J'en avais déjà vu, des paraplégiques danser en boîte. C'est le spectacle le plus pathétique qui soit. Il n'y a rien de pire qu'un mec qui fait semblant d'assumer son handicap. Elle voulait quoi encore ? Que j'entame un numéro de *"moon walk"* à la Michael Jackson en faisant glisser et tourner mon fauteuil ?! J'avais envie de me casser. Elle m'adressa alors un petit sourire avec la tête penchée, genre : "C'est pas grave, un jour tu passeras le cap." Et moi, je lui fis un doigt d'honneur.

Son sourire s'effaça aussitôt. Mon geste dut lui refermer tous ses chakras parce que, à partir de ce moment-là, elle ne me regarda plus. Elle partit même assez longtemps aux toilettes, sans doute pour y aller vomir ou faire une petite crise d'angoisse. Puis elle revint avec un visage plus serein. Elle entraîna Sofia vers le bar et elles se mirent à discuter. Je voyais déjà le tableau : Marina lui demandait si j'allais bien, si ma "situation" n'était pas trop dure à supporter, si je m'acceptais comme ça. Oui, j'imaginais tout à fait ses explications fumeuses style courrier des lecteurs dans un magazine psycho. "Tu sais, Sofia, le geste obscène qu'il m'a fait tout à l'heure, c'est l'expression du refus du bonheur ! Mais vous deux, ça se passe bien, enfin tu vois ce que je veux dire ?" Je pensais tout fort : "Eh ben, réponds-lui, ma chérie, envoie-la paître comme tu sais si bien le faire quand tu veux ! Dis-lui quelque chose comme : Tu sais, c'est pas facile, je me lève tous les matins à six heures, je commence par lui vérifier la pression des pneus, puis après je lui graisse les roulements à billes et je finis par inspecter les freins ! Voilà, c'est ça que tu veux savoir ?!"

Apparemment, elles avaient parlé de tout autre chose parce qu'elles revinrent en riant, plutôt complices même. Et cette bonne humeur se propagea à tout le monde jusqu'à la fin de la soirée. Moi, j'étais seul à bouder dans mon coin.

En rentrant, Sofia me dit même qu'elle avait trouvé Marina certes bavarde mais vraiment sympa. Je ne pus m'empêcher de lui demander quel terrible secret Marina lui avait confié pour qu'elle la trouve "sympa".

Sofia m'expliqua que c'était une fille qui avait beaucoup souffert et que je ne devais pas m'en moquer. Souffert ? Souffert de se supporter depuis toutes ces années, oui ?! Et là, Sofia me dit sur un ton grave :

– Elle a perdu ses parents très jeune dans un accident d'avion.

Et alors, c'était pas nous qui étions aux commandes ! Et comment peut-on placer ça aussi facilement dans une conversation ? "Tu peux me passer mon Coca... Et donc mes parents se sont crashés sur un pylône à haute tension quand j'avais douze ans... Euh, mon paquet de clopes aussi, s'il te plaît... C'était une vraie boucherie, il y avait des morceaux de chair partout... Merci... Bon c'était dur... mais ça y est, je suis sortie de ma dépression et, quand je n'ai pas de crise d'anorexie, je croque la vie à pleines dents..."

C'est comme ça qu'elle l'a placé, son accident ? Parce que je ne vois pas comment, sinon ?! Et puis ça m'énerve, ça ! C'est tellement facile de se faire des amis en apitoyant les gens sur son sort.

Je me méfie de ces gens qui veulent être aimés de la Terre entière. Moi je m'en fous que l'on ne m'aime pas. Je le rends bien !

14

Au fil de mes sorties avec Sofia, je devenais de plus en plus parano. J'étais persuadé que tous les regards dans la rue se portaient sur nous. J'avais l'impression que le moindre des passants jugeait notre curieux duo : "Il en a de la chance qu'une aussi jolie fille s'occupe de lui." "Ça ne doit pas être drôle tous les jours pour elle !" Je ne pouvais plus supporter ce spectacle ambulant que nous représentions. Seul, j'avais appris à occulter les regards compatissants à mon égard, mais désormais je devais aussi supporter ceux à l'intention de Sofia.

Socialement, j'avais toujours nié mon statut de handicapé, refusant même de percevoir ma pension d'invalidité. J'étais sorti au plus vite de ma rééducation sans garder aucun contact avec les médecins et les patients. Je n'avais d'ailleurs pas répondu aux coups de téléphone de ce type rencontré au centre, qui venait de s'installer en ville et proposait de se voir. Un garçon au drôle de destin.

Avant son accident et sa paraplégie, il avait été ce qu'on appelle une vraie "racaille". Ne sachant pas quoi faire de sa vie, il cassait des bagnoles. Un jour il se fit repérer par des flics derrière une clinique en train de piquer la Porsche d'un chirurgien. Une poursuite démarra qui se termina aussitôt… En seulement trois cents mètres d'accélération, il atteignit les 120 kilomètres à l'heure et percuta un muret de l'hôpital. Son corps traversa le pare-brise et pulvérisa la porte des urgences dans un vol plané de dix mètres. On peut dire qu'il avait frappé à la bonne porte. Du coup, il put être soigné dans les plus brefs délais. Sinon, il serait sûrement mort.

Ce type eut alors une révélation. Pas pendant son coma avec la petite musique douce et la lumière divine que certains voient au seuil de la mort ; non, pour lui, c'est au centre de rééducation que tout s'éclaira.

Dans sa vie, il avait toujours eu besoin de se faire remarquer en chahutant et provoquant. Avec son fauteuil roulant, on lui portait désormais l'attention qu'il avait toujours recherchée. Pour la première fois de sa vie, il se sentit vraiment exister.

Il avait cherché à me revoir. Moi je n'y tenais pas, je ne voulais plus avoir affaire à un "roulant". On aurait eu l'air d'anciens combattants... Je ne lui ai jamais donné signe de vie.

Je redoutais de le croiser un jour. Annecy n'est pas si grand. Ce jour finit par arriver. J'étais avec Sofia dans une rue commerçante, essayant de trouver quelques raisons de gaspiller notre argent, quand je le vis rouler à notre rencontre. Je détournai les yeux, mais lui m'avait reconnu. Il me lança un bonjour énergique auquel je répondis sèchement par un cinglant :

– On se connaît ?!

Sur ce, il n'insista pas et continua sa route. Je m'en suis voulu mais ça avait été plus fort que moi. Sofia – sans se douter que je pouvais le connaître – s'étonna de ma brusque réaction. Maladroitement, j'essayai de me justifier :

– Tu dis bonjour à tous les gens que tu croises, toi ?

Sur quoi, elle me rétorqua que c'était normal qu'il y ait une certaine connivence entre nous. Connivence ?! Qu'est-ce que ça signifiait, ça ? Merde, je veux bien que la plupart des paraplégiques soient des anciens motards nostalgiques de leurs deux-roues. Mais de là à ce qu'ils se baladent tous avec des lampes de poche, pour se faire des appels de phare quand ils se croisent... Faut pas déconner, non plus. Qu'est-ce qu'elle voulait ? Que je rentre dans un club de paraplégiques où ils font tout ensemble ? Et je n'avais qu'à me trouver une copine sur roulettes aussi ! J'aurais été bien à ma place comme ça. J'aurais pu danser avec elle des slows très gracieux !

Quand j'eus achevé mon monologue, Sofia n'était plus à mes côtés. Je la retrouvai à la maison avec une nouvelle paire d'escarpins. Elle me dit juste :

– J'aimerais que tu tiennes le même discours à un psychologue. Je suis sûre que ton cas le passionnerait.

Sur quoi, elle me tendit la carte d'une psy.

– Plus sérieusement, Théo, ça te ferait sûrement du bien.

Blessé dans mon orgueil, la seule chose que je trouvai à dire fut :

– C'est Marina qui t'a filé cette carte ?!

Sur quoi j'explosai dans une colère noire. Et Sofia conclut :

– Si la simple idée d'une consultation te met dans ces états, c'est que tu dois en avoir vraiment besoin !

15

L'image de nous deux enlacés debout continuait de me hanter, troublant mon sommeil.

Une nuit, je fis un rêve étrange. Nous étions, Sofia et moi, dans une pièce toute blanche, chacun à une extrémité. Sans pourtant marcher, nous avancions l'un vers l'autre. Je crois que nous flottions. Arrivés face à face, nous nous embrassions. C'était incroyable, j'avais vraiment la sensation de la tenir serrée contre moi. C'était une sensation de liberté absolue. Soudain, Sofia fut prise de nausée et détourna la tête pour vomir. Curieusement, son vomi coulait vers le haut. Oui c'est ça, je crois… Je réalisais alors que nous étions suspendus ensemble par les pieds, la tête en bas au-dessus d'une marmite bouillante. Et là, tout autour de la marmite, il y avait une tribu de fauteuils roulants qui n'arrêtait pas de crisser des pneus. C'était horrible.

Je me réveillai en sueur... Même en rêve, embrasser Sofia debout, je n'y arrivais pas !

Je n'arrivais plus à me concentrer, j'étais très en retard sur mes commandes d'illustrations. Je me surpris à croquer le schéma d'un système avec poulies : en se dirigeant vers moi, Sofia tirerait sur une corde attachée à sa taille qui, en passant dans des poulies accrochées au plafond, me hisserait au-dessus de mon fauteuil... Ainsi je me retrouverais debout pile juste au moment où elle viendrait m'embrasser. Pour un peu, j'aurais proposé mon invention au concours Lépine...

Cette obsession déteignait sur mon humeur. J'étais vraiment devenu aussi difficile à vivre pour Sofia que pour ma famille. Je passais mon temps à élaborer des nouveaux plans tous plus foireux les uns que les autres. Je songeai même à me servir d'un ballon à hélium auquel on aurait pu m'accrocher !

Du pur délire...

La solution m'apparut un après-midi que je regardais la série *Highlander* à la télévision. Le meilleur ami du héros était un handicapé et, dans cet épisode, il apparaissait debout, maintenu avec deux béquilles. J'avais lu dans une revue télé que l'acteur était vraiment paraplégique. Comment pouvait-il ainsi se tenir ? Des souvenirs de ma rééducation me revinrent d'un seul coup : pour ça, il fallait bloquer ses genoux à l'aide d'appareillages spéciaux. Il avait des attelles aux jambes. Voilà, par ce moyen et à force d'exercices, il était possible de "remarcher".

Au centre de rééducation, n'étant pas d'une nature très adroite, j'avais cessé l'expérience dès la deuxième séance après plusieurs chutes. C'était la même sensation que d'être sur des échasses, en plus compliqué à manœuvrer. Et puis je trouvais plus digne et plus rapide de me déplacer en fauteuil, sans avoir à effectuer ces mouvements disgracieux de fessiers pour avancer une jambe après l'autre. Mais pour un baiser, pour simplement pouvoir embrasser debout Sofia, je n'avais pas besoin d'entraînement.

Ces attelles sont rares et chères, car sur mesure. Je les fis donc fabriquer en secret par un orthopédiste du quartier. Inutile de dire que je creusais un trou énorme dans mon compte en banque. La commande passée, encore fallait-il que je sois patient, car elles n'arriveraient pas avant deux semaines.

J'allais enfin atteindre la plénitude et Sofia aussi.

16

L'état de Simon ne s'améliorait pas.

Même quand on regardait un bon polar à la télé, il revenait sans cesse à Marina. Pour qu'il cesse enfin de me bassiner avec elle, je lui recommandai de se jeter à l'eau et de lui dévoiler ses sentiments. Ça faisait deux mois qu'ils se voyaient tous les jours et Simon commençait à manquer d'inspiration pour les propositions de sorties.

Sur les conseils de Sofia, Simon invita Marina à dîner chez lui et Christine lui donna, pour l'occasion, un cours de cuisine accéléré : salade végétarienne aux mille parfums d'Asie. Une recette aussi périlleuse qu'un triple salto arrière. Simon avait réussi à trouver sur un marché bio en Suisse des ananas séchés, mets quasiment aussi rare et cher que les diamants verts. Bref, c'était le grand jeu, avec encens directement importé de Chine et le Royal Philharmonic Orchestra de Londres jouant le prélude de Bach en fond sonore.

Hélas, ce qui devait arriver avec une fille aussi spéciale arriva.

Le lendemain matin, Simon sonna à ma porte. Il entra sans un mot et s'effondra dans mon canapé. Il lâcha juste :

– Marina est avec quelqu'un.

J'aurais mis ma main à couper qu'elle était avec le metteur en scène "trop génial" dont elle avait parlé ; mais je fis bien de me taire car ça m'aurait valu une pension d'invalidité de plus à refuser. Non, Marina était la maîtresse d'un comédien "trop talentueux" qui était marié et père de deux enfants. Elle avait pourtant bien prétendu n'avoir pas encore trouvé le grand amour ? Pour elle, ça ne voulait pas dire qu'elle était seule… Quant à ses sentiments pour Simon, elle lui fit le coup classique du : "Je ressens des émotions très fortes pour toi, que je n'ai jamais eues pour qui que ce soit. Tu comprends pour moi t'es comme… un frère."

Simon avait mal encaissé, lui qui était déjà le frère adoptif d'un bon nombre de jeunes filles. Je tentai de trouver les "bons mots" pour le réconforter : il ne gagnait rien à être le petit ami d'une dépressive chronique ; on était tellement mieux seul…

Mes paroles ne me valurent qu'un haussement d'épaules de Simon et un regard noir de Sofia. Alors je me tus et laissai Sofia réconforter Simon.

Je rendis visite à Christine. Je lui racontai les malheurs de Simon en ne manquant pas de faire référence aux miens. Je me rendais compte qu'on était totalement opposés, Simon et moi. Lui n'aspirait qu'à une seule chose, trouver l'amour, alors que moi ça m'était tombé dessus comme ça sans avoir rien demandé. Et finalement, c'était un sacré poids à assumer. En plus de ma colonne défaillante, je n'avais peut-être pas les épaules assez solides pour.

Pour lui changer les idées, Sofia proposa à Simon qu'on se fasse un cinoche tous ensemble. La majorité contre une voix – la mienne – vota pour une comédie sentimentale. Je déteste ces films babas au rhum avec leur *happy end* en guise de cerise sur le gâteau. Toute cette mièvrerie, c'est écœurant. Je voyais déjà le générique avec, figé en fond d'écran, le baiser du couple enfin réuni. Sofia sangloterait, comme d'habitude (même les pubs pour les assurances lui tiraient des larmes), et Simon aussi (dans son état, le simple regard d'un cocker l'aurait fait pleurer). Mais pour une fois, je pensai que je pouvais faire un effort, et je les accompagnai.

Bon. Je reconnais que, quand je fais des efforts, j'ai une fâcheuse tendance à le faire bien sentir. La moindre contrariété me rend détestable. Là, ce fut le trottoir du cinéma trop haut que je n'arrivais pas à monter. Dans ce genre de situations, j'ai l'impression humiliante que tout le monde me regarde avec pitié ; ça me met en rage et j'envoie balader toute proposition d'aide.

Ce fut Sofia que j'envoyai promener en premier. Puis, un type un peu éméché avec une canette de bière à la main crut bon de venir à ma rescousse. Même accueil. Il se retourna alors vers son pote et dit :

– T'as vu, maintenant on se fait engueuler quand on veut aider un handicapé !

Sur quoi, je répliquai :

– Handicapé ? T'as vu la tronche que tu te payes… tu pourrais toucher une pension d'invalidité !

L'échange d'amabilités dégénéra très vite…

Simon fut méchamment pris à partie quand je l'appelai en criant :

– Hé ! Viens voir. J'ai trouvé deux moitiés de cerveau qui forment une belle paire de cons !

Et nous nous retrouvâmes, Simon, Sofia et moi, à la pharmacie.

Bilan : nez contusionné pour Simon, lèvre supérieure coupée pour moi, et grosse frayeur (début d'ulcère ?) pour Sofia.

Pendant que je me faisais désinfecter la lèvre par la pharmacienne, je trouvai juste à dire, en ravalant ma fierté :

– Si les mecs du cinéma étaient pas intervenus, ils auraient la marque de mes pneus sur les couilles !

Sofia ne dit rien, je sais à quel point elle déteste la violence.

Le soir, à la maison, comme si une barrière était définitivement tombée entre nous, elle me posa *la* question. Cette question taboue que j'avais toujours réussi à éviter. Elle caressait la marque laissée par mon opération à la colonne vertébrale et me demanda comment ça m'était arrivé.

Je m'en tirai avec une pirouette, expliquant que j'avais glissé sur une peau de banane. Elle insista. En vain. Il faudrait bien qu'un jour ou l'autre, je finisse par en parler...

17

Le lendemain Sofia et moi nous nous promenions au bord du lac d'Annecy. Il faisait froid, la brume faisait des montagnes une peinture très reposante. Sofia tournait autour de moi en rollers et, une fois de plus, je nous trouvais un peu ridicules, elle sur ses petites roues et moi sur mes grandes. J'attendais, moi le clown triste, qu'elle ait terminé son numéro de Bozo. Tandis que je patientais, un couple est passé non loin de nous. Ils étaient très beaux, dans leur grand manteau d'hiver. Un peu comme les mannequins des catalogues. Ils n'arrêtaient pas de s'embrasser. Je savais que Sofia et moi, on ne serait jamais comme eux.

Alors, ce fut ce matin-là, peut-être à cause du froid, ou du regard appuyé de trop d'un passant, que je quittai Sofia.

Tout était très calme et je pus donc entendre bien distinctement le coup que je lui portai.

– Sofia. Il faut qu'on arrête de se voir.

Silence.

– Pourquoi ?

Silence.

– Parce que je ne t'aime pas !

Elle l'encaissa dans les cordes, sans rien dire, très digne.

Et je vis sa jolie silhouette s'éloigner.

18

Je retournai à la piscine, sans elle. Je me défoulai en enchaînant longueurs sur longueurs. Je bus la tasse, mais là, le chlore n'avait plus son petit goût acide. Il n'avait plus de goût du tout.

En ville, sans elle, les mêmes regards insistants se posaient sur moi.

Je reçus par la poste les attelles *high tech* et les remisai directement à la cave. Le trou dans mon compte en banque était là pour me rappeler la folie de mon obsession.

Sofia m'appela, je ne décrochai pas. Sur le répondeur, elle expliqua qu'elle avait été contactée par l'orchestre de Moscou, on lui proposait une place de soliste et elle allait peut-être accepter.

Simon vint à la maison.

Il n'était pas au courant.

Je lui racontai tout :

– Tu vois. Je suis à nouveau seul et j'en fais pas tout un plat !

Je crois que mon récit le déprima plus que sa propre histoire. Il pensait à Sofia, lui. Il imaginait combien elle devait souffrir.

Il me laissa déballer toute ma mauvaise foi et mon amertume. Quand enfin je me tus, il se mit à parler très calmement. Il dit ce qu'il pensait de moi, ce que j'étais devenu et pourquoi j'étais un con. Avec des mots simples, il dénoua ce que mon cerveau torturé se plaisait à entortiller.

Puis il partit. Et pour la première fois depuis mon accident, j'eus mal pour quelqu'un d'autre que moi. Je souffris pour Sofia qui m'avait tant donné et que j'avais trahie. Je compris la douleur et la rancœur de Simon.

Histoire de m'abrutir la tête, je passai le week-end devant la télé. Je me saoulai de bêtises sous toutes les formes possibles : jeux, séries, émissions de variétés. Je tombai par hasard sur un de ces *talk-shows* où des anonymes viennent exhiber devant des millions de téléspectateurs leurs problèmes ou leurs fantasmes. L'émission était consacrée aux couples insolites. Il y avait de tout : une nana très BCBG avec un SDF, un gothique au teint cadavérique avec une petite black pétillante… Un sacré défilé de couples complètement dépareillés, d'unions improbables jusqu'à cette femme atteinte de nanisme qui avait épousé un monsieur muscles. On aurait pu croire à une mauvaise blague : un colosse avec une lilliputienne. Ils n'étaient pourtant pas ridicules. Il suffisait d'observer leur regard l'un pour l'autre, ils s'étaient trouvés, et le reste n'importait pas. Ils étaient même terriblement beaux ensemble, à tel point que je les enviais.

Oui, c'est un *talk-show* ringard qui me fit prendre conscience que je n'avais jamais été aussi bien qu'aux côtés de Sofia.

J'étais heureux dans ses bras, à l'embrasser… couché. Il n'y avait sans doute pas de meilleure position que celle-ci. Étendus, enlacés, les corps si mélangés qu'on finit par caresser sa propre chair, avec toute la tendresse et l'amour qu'on éprouve l'un pour l'autre.

19

Je ne pouvais pas la laisser partir comme ça mais je ne pouvais pas non plus espérer la retenir. Elle méritait au moins mes excuses. J'étais trop seul avec mon mensonge. Alors, pour la première fois, je demandai de l'aide.

Je décidai d'aller chez Sofia et demandai à Simon et à deux de ses amis de me porter jusqu'à son étage. J'avais même acheté un bouquet de roses rouges, moi qui ai toujours détesté les fleurs.

Simon et Pierre me portaient, tandis que Kamel se chargeait du fauteuil. Un sacré remue-ménage dans les étages. On faillit se vautrer deux fois. À un tournant on eut la surprise de se retrouver nez à nez avec deux occupants qui tentaient de descendre une commode. Une rencontre surréaliste entre le déménagement d'un meuble et celui d'un homme. C'était vraiment absurde comme situation. Les deux types ont commencé à avoir un fou rire. Simon se retenait de rire comme si ça allait me vexer, et je fus donc le premier de nous quatre à m'esclaffer. Je me foutais de ce qu'on pouvait penser de moi. Ça n'avait plus d'importance.

Enfin nous arrivâmes à son étage. Comme il me restait encore un peu d'orgueil, et que je n'aime pas gaspiller, j'avais mis les attelles sous mon pantalon. Si bien qu'en les bloquant, je pus me tenir debout devant sa porte, en m'agrippant aux montants. Je sonnai, mais pas âme qui vive.

On attendit tous les quatre. Elle n'était pas là. Pourtant Simon soutenait le contraire, qu'il s'était assuré de sa présence.

Trop tard. Elle était déjà partie.

Éreintés par cette ascension inutile, on s'apprêtait à s'en prendre au pauvre Simon : Pierre et Kamel, comme des sherpas épuisés, et moi, parce qu'un rien m'agace alors là, forcément… Et puis, au-dessus, on entendit une porte s'ouvrir. Sûrement gêné par notre remue-ménage, quelqu'un venait voir ce qu'il se passait. La personne descendit les quelques marches, c'était Sofia. On s'était trompés d'étage…

Mes compagnons de cordée partirent tous discrètement en laissant mon fauteuil sur le palier. J'étais désormais seul face à elle, debout accroché au chambranle d'une porte qui n'était pas la sienne. Le moindre mouvement aurait pu me faire tomber.

Elle descendit lentement les marches pour arriver à ma hauteur. Elle était émue, ma jolie Sofia, mais faisait tout pour ne pas le laisser paraître.

Elle me regarda, sans rien dire, juste une seconde. Pour la première fois, elle était à côté de moi debout. J'étais un peu plus grand qu'elle. Je ne savais pas à quoi m'attendre. Je ne la voyais ni m'embrasser ni me gifler.

En fin de compte, Sofia me sourit et vint s'asseoir dans mon fauteuil.

Puis elle leva la tête vers moi et me dit :

– Embrasse-moi.

Je tiens à remercier chaleureusement François Martin, Carine Tardieu, Martine Sanchez, Anna Novion, Cédric Taillefer, Louise Monot, Éric Delpech, et mes parents, sans qui ce livre n'aurait pu voir le jour. (M. R.)

Fiche technique et artistique du court métrage

LES FILMS DU CYGNE PRÉSENTENT
PENSÉE ASSISE

Un film écrit et réalisé par Mathieu Robin
Avec Dinara Droukarova, Bruno Debrandt
et François Breniaux

Idée originale : Mathieu Robin et Christophe Chudy
Producteur : Alexandre Charlet
Directrice de production : Emmanuelle Dory
Directeur de la photographie : Benoît Feller
Chef décorateur : Johann Georges
Chef costumière : Christel Birot
Bande-son : Guillaume Chevallier,
Julien Alves, Gildas Mercier
Montage : Charlotte Rembauville
Musiques : Alice Guerlot-Kourouklis, Pascal Bideau
Durée : 15′ 45″
France 2002

+ bonus : interview du réalisateur
Durée : 7′ 13″

PRIX

Prix d'interprétation féminine Dinara Droukarova –
Festival "Journées romantiques" de Cabourg, 2002
Prix du public – Festival "Plein-Air" de Grenoble, 2002
Prix spécial du jury – Festival du film d'Aigues-Mortes, 2002
Prix du meilleur jeune réalisateur –
Festival du film de Sarlat, 2002
Prix des étudiants de l'INSA – Festival du film
de Villeurbanne, 2002
Prix de la mise en scène – Festival "Pégase" de Poitiers, 2002
Grand Prix – Festival Espoirs en 35 mm de Mulhouse, 2003
Prix du cinéma indépendant, Festival "Atout Court"
de Décines, 2003
1er Prix Fiction – Rencontres audiovisuelles de Lille, 2003
Prix du public et prix du jeune public –
Festival "Court toujours" de Château-Arnoux, 2003
Licorne d'or – Festival "Alpinales" de Bludenz (Autriche), 2003
Prix du public et prix du jury interprétation masculine
Bruno Debrandt – Festival Jean-Carmet de Moulins, 2003
3e prix Open du court de Paris, 2003
Prix du jury du festival HEC, 2003

SÉLECTIONS OFFICIELLES

Festival "Images en région" de Vendôme, 2002
Festival "De Nevers à l'Aube", 2002
Festival international d'Avignon, 2002
Festival du film de Rotterdam (Pays-Bas), 2003
Festival de Clermont-Ferrand, 2003
Festival de Richmond (USA), 2003
New York Film Festival (USA), 2003
Festival de La Ciotat, 2003
Festival "Onze bouge", Paris, 2003
Festival de Décines, 2003
Festival de Gindou, 2003

Direction artistique :
Guillaume Berga

Maquette :
Amandine Chambosse

Achevé d'imprimer
en janvier 2007
par l'Imprimerie Floch à Mayenne
pour le compte des éditions
ACTES SUD
Le Méjan
Place Nina-Berberova
13200 Arles

Dépôt légal
1re édition : mai 2005
N° impr. : 67369
(Imprimé en France)